KB081994

2018 봉황중학교 학생시집

내일부터
뻐공

2018년 11월 5일 제1판 제1쇄 발행
2019년 10월 28일 제1판 제2쇄 발행

엮은이   최은숙
지은이   봉황중학교 시 동인 '가슴 펴고 어깨 걸고'
펴낸이   강봉구

펴낸곳   작은숲출판사
등록번호 제406-2013-000081호
주소   413-120 경기도 파주시 신촌로 21-30(신촌동)
전화   070-4067-8560
팩스   0505-499-8560

홈페이지 http://cafe.daum.net/littlef2010
이메일   littlef2010@daum.net

ⓒ최은숙

ISBN 979-11-6035-052-4 43810
값은 뒤표지에 있습니다.

2018 봉황중학교 학생시집

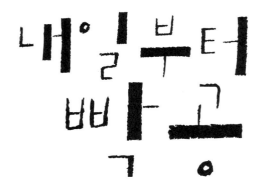

최은숙 엮음

봉황중학교 시 동인 '가슴 펴고 어깨 걸고' 지음

작은숲

차례

1부 선인장 마음

16	좋아할 것 같다	설동혁 1학년
18	뜨거운 해변	김규승 1학년
20	네이버	고재완 1학년
22	당진 애랑 만남	방주선 1학년
24	포기하지 않고 달리면	김승현 1학년
26	키	전형준 1학년
27	선인장 마음	장찬희 1학년
28	고민	고용빈 3학년
29	생파	안치환 1학년
30	치킨의 효능	이승한 1학년
32	세상 쓴맛	이태훈 1학년
34	나쁜 놈	최승철 3학년
35	걱정	윤준식 2학년
37	손흥민	최민혁 3학년
38	너도 혼자구나	김의진 1학년
39	도시 어른	송해찬 1학년

40 첫 봉사와 책임감   나하늘1학년

41 여자 친구가 보면 안 되는 시   류재후1학년

42 중이염   김준형3학년

43 전설, 뒤에 남은   안지원2학년

44 유성이와 첫 경험   이인구3학년

45 나는 나쁜 놈이다   박진성3학년

46 아무 생각 없이   노영우3학년

47 기다림   황대원3학년

48 깨쳐서 미안해   공필주3학년

49 비 오는 날   박준영2학년

엄마 몰래 노는 밤   2부

52 아빠의 버섯   이용석1학년

53 엄마 몰래 노는 밤   최상범1학년

55 우리 엄마 볼 때마다   이용석1학년

57 컬링과 청소   유용하1학년

59 엄마는 나의 직장 상사다   지민규1학년

60 귀신   오서진1학년

62 두 얼굴   김연우1학년

63	김치찌개	이제원 2학년
64	다른 세상	조준희 3학년
65	가족	오영호 2학년
66	PC방 몰래 가지 마!	김태경 1학년
67	한 시간만	장성우 1학년
68	혼자	오윤진 1학년
69	어떻게 해야 하는 거지?	박강민 1학년
70	불	김서현 1학년
71	아팠던 고민	박건하 1학년
72	아버지의 카톡	강승민 1학년
74	할아버지 장례식	강동혁 1학년
75	이상한 내 마음	박민준 1학년
76	아저씨	김문선 3학년
77	가족이 되는 것은	채재혁 3학년
78	구부러진 할미꽃	이용선 3학년
79	진짜 친구	전환희 3학년
80	파란 트럭	지상원 3학년
81	물수제비	이은천 3학년

84	The 봉황컵	오태식1학년
86	짝꿍의 잠	노현석1학년
87	학교 오는 길	김태구2학년
88	메시와 호날두	장건우3학년
89	시험기간	류승원1학년
91	돌아간 내 발	박창현1학년
93	농구를 하면	신재한1학년
94	인생	최종인1학년
95	희생은 오히려 나	이준원1학년
96	텃밭 도우미	김태윤1학년
97	하굣길 전쟁	김선우1학년
98	PC방	신동현2학년
99	야구장	조철민2학년
101	쥬라기 월드	정현수1학년
103	일상생활	이종헌1학년
104	항상 같은 날	오윤석2학년
105	9회 말	하찬민3학년
106	안 풀리는 날	이찬복3학년
107	잠이 고픈 밤	복재창3학년
108	독서실	강신호3학년

109	시험 기간인데	김태천 3학년
110	오늘도 내일도	김정태 3학년
111	혹시나 했더니 역시나	권락균 3학년
112	우리 학교	김보관 1학년

4부 너의 이름은 보리

116	국고개길	김인서 3학년
117	생명을 심다	오휼빈 1학년
118	나라면 행복할까?	김준렬 1학년
119	나는 죽였다	주현성 1학년
120	대나무	정재준 3학년
121	답안지	이정민 3학년
122	벚꽃구경	정원경 3학년
123	라면	한광희 3학년
125	수학의 왕도는 없다	이관수 3학년
126	나는 나	김주호 2학년
127	인생	한승우 2학년
129	나 그리고 나	김민종 2학년
130	두 바퀴의 기적	고병찬 2학년

131	시간	이승한 1학년
133	슬리퍼	이정원 1학년
134	롤러코스터	염기수 1학년
135	표현하기	황준형 1학년
137	3월에 지는 벚꽃	박종문 2학년
139	너의 이름은 보리	한성종 3학년
140	잊을 수 없는 순간	정승현 3학년
141	세상에서 가장 실용적인 일	장준서 3학년
142	최순실 사건	안중섭 3학년
143	일요일 아침	정보광 3학년
144	발문 갈매기의 꿈을 위해	오철수 시인

시(詩)라는 친구를 만났으니

"아무에게도 보여 주지 마시고 혼자 읽으세요."

자기가 쓴 시를 한사코 친구들의 공책 밑으로 밀어 넣는 학생들의 쑥스러운 표정을 볼 때, 국어선생이 되길 잘했다고 생각합니다. 여자 친구를 소개받은 설렘, 엄마를 속인 미안함, 어른들에게 인정받지 못하는 서러움, 친구를 놀리는 장난스러움, 온갖 감정이 공책에 가득합니다. 국어선생이 아니면 어떻게 그 비밀을 공유할 수 있겠어요?

수업을 하면서 가장 즐거운 순간은 학생들이 웃음을 터뜨리는 때입니다. 교실 유리창에 부딪치는 구슬 같은 웃음소리, 우리는 그것 때문에 사는지도 모르겠습니다. 시를 쓰자고 하면 학생들은 소리를 지르면서 반항합니다. 그러나 빔 프로젝트 화면에 친구들의 시가 떠오르면 웃음을 터뜨리며 떠들기 시작하고 곧바로 그 '시'라는 것을 쓰기 위해 공책 위에 연필을 쥔 손을 올려 놓습니다. 별거 아니네, 저런 것이라면 나도 얼마든지…,그런 얼굴로 말입니다. 수업의 교재로 쓰이는 시의 유일한 기준은 시 속에 삶의 장면이 있는가, 하는 것입니다. 다시 말하면 자기가 몸으로 겪은 이야기를 썼는가? 그것은 용기가 필요한 일입니다. 친구들을 배꼽 빠지게 웃겨 주는 시도, 가슴 뭉

클하게 하는 시도, 실은 부끄러움, 쑥스러움, 아픔, 설렘, 남에게 보여 주고 싶지 않은 마음을 이겨 낸 결과이기 때문입니다.

누구나 자신의 감정을 감추고 묻어 버릴 권리가 있습니다. 그래도 됩니다. 그런데 용기를 내어 마음을 드러내면 좋은 점도 있습니다. 바로 '성장'과 '자유'입니다. 슬프고 부끄럽던 이야기를 시로 표현했을 때, 친구들의 공감을 느끼면서 뜻밖에도 그것이 나만 겪은 이야기가 아니란 것을 알게 됩니다. 우리에게 다가오는 일들은 대부분 비슷하거든요. 아, 누구에게나 일어날 수 있는 일이 나에게도 찾아왔던 거구나, 별 것 아니구나, 하는 생각이 들 때 우리는 훌쩍 성장합니다. 같은 일이 다시 찾아온다 해도 그 문제로 더는 힘들지 않습니다. 자유로워졌기 때문입니다. 그렇게 한 걸음씩 성장하는 사람의 글은 읽는 사람까지도 자라게 합니다.

비유와 함축, 상징, 심상, 행과 연, 참신한 시어의 선택과 같은 시적 장치는 시를 시답게 하는 중요한 요소입니다. 그러나 학생들에게 그보다 더 중요한 건 자신의 삶 속에 시가 될 만한 장면들이 나날이 충

분하다는 것을 아는 일입니다. 사소하고도 평범한 그 일상이 얼마나 소중한 것인지 깨닫는 일입니다. 다가오는 일들은 비슷할지라도 그것을 받아들이는 느낌은 같지 않습니다. 한 우물에 두레박을 똑같이 던져 넣더라도 물만 퍼 올리는 사람이 있고 우물에 잠긴 반달과 보석 같은 별들을 길어 올리는 사람이 있는 것처럼 말이지요.

그래서 저는 일상을 이야기한 학생 시들을 소중하게 생각합니다. 자신이 직접 만지고, 먹고, 듣고, 말하고, 몸으로 해 본 일에 대한 이야기 속엔 뜬구름 같은 막연함과 허황됨이 없습니다. 학생들의 언어가 어른 시인들의 그것처럼 세련되지 못한 것은 당연합니다. 대신 십대 아니면 쓸 수 없는 십 대의 감성이 있습니다. 중학생이 쓸 수 있는 가장 좋은 시는 가장 중학생다운 시이겠지요.

『내일부터 빡공』은 우리들에게 즐거운 작업이었습니다. 마음껏 웃으면서 쓰고 웃으면서 읽었습니다. 어떤 시는 우리를 울리기도 했습니다. 가장 기쁜 것은 우리가 시를 즐기게 되었다는 것입니다. 노래와 춤처럼 시도 곁에 두고 우리의 방식대로 쉽게, 재미있게 놀 수 있는 한 장르라는 것을 조금은 알게 된 것 같습니다. 시라는 친구를 만났으니, 이제 우리의 눈은 더욱 깊고 맑아질 것입니다. 좋은 시를 골라내는 안목이 생길 것입니다. 어떤 마음이 세상을 아름답게 하는지 생각하며 살게 될 것입니다. 여러분이 가끔 동네서점에서 시집을 사는, 분위기 있는 사람이 되었으면 좋겠습니다. 시집을 끼고 걷는 청년들이 있는 우리 동네, 생각만 해도 설레는군요.

올해 졸업한 학생들의 시도 시집에 스무 편 남짓 실렸습니다. 시집을 내자 했던 작년의 약속을 이제 지키게 되었네요. 평론가 오철수 선생님께서 이번에도 우리들의 시를 읽고 격려해주셨습니다. 모든 존재에 충만한 생명의 힘을 읽어낼 뿐 아니라, 일으켜 세우고 이끌어내주시는 오철수 선생님께 깊은 감사와 존경을 표합니다. 정성들여 표지 그림과 삽화를 그려준 한단하 작가에게, 그리고 어린 시인들의 시를 예쁜 시집으로 만들어주신 작은숲 출판사의 강봉구 대표님께 이 시끄럽고 예쁘고 정신없고 싱그러운 십 대들의 환호를 전해 드립니다.

2018년 가을, 봉황중학교에서 최은숙

1부

선인장마음

좋아할 것 같다

1학년 설동혁

얼마 전 한 여자인 친구에게서 연락이 왔다
나랑 급이 다른 바로 ㅇㅇㅇ(비밀)이다
얘는 잘나가던 친구다

나랑 별로 친하지도 않은데
왜 연락이 왔지?
머릿속엔 온통 그 생각뿐이었다
걔가 보낸 메시지는 바로 '안녕'이었다
나도 안녕이라고 했다.
심지어 느낌표까지 보냈다
걔가 ㅋㅋㅋ 이렇게 보냈는데
그 순간 꿀이 떨어지는 것 같았다
얼굴도 예쁘고 착하고 잘 웃고 인기가 많은 것 같았다

어느새 친해져 전화도 하고 먹을 거 사주기도 하고 같이
놀기도 하였다

친구들이 오~ 좋아하냐? 물어볼 땐 아니라고 대답하지만
사실 속으론 난 걔를 좋아할 것 같다
원래 그런 건가?
수업시간에 집중도 하지 못하고 자꾸 생각이 난다
좋아할 것 같다

뜨거운 해변

1학년 김규승

햇빛과 빛나는 모래와 파도
그리고 누나들

아름다운 경관보다
누나들의 몸매에 시선이 끌린다

다른 사람 눈치 보랴
들키지 않을까 걱정하면서도
눈은 이미 가 있다

비키니 입은 누나
선탠하는 누나
이렇게 내 눈에 나는 변태 같다
하지만 자꾸 보고 싶다

그래서 되고 싶다

태양이

네이버

1학년 고재완

초등학교 때였다.
2학년 때 아주 순수했던 때

형의 핸드폰으로 게임 했을 때
"잠깐만, 나 화장실 좀 갔다 올게 아, 그 대신 인터넷 들어
가면 안 돼!"

하지 말라면 더 하고 싶은 법!

'여친 생기는 방법'
'여자와 친해지는 법'
'여자와 대화하는 법'
'멋있게 옷 입는 방법'

"형 이거 뭐야?"
"어? 아무것도 아니야"

"아, 그래"

그때는 아무것도 모르고 있었지
지금 생각하니까 형의 마음이 공감된다

당진 애랑 만남

나는 여소를 받았다
처음이라서 많이 어색했다
용기를 냈다
"안녕"
그녀는 대답했다
"어 안녕"

내가 먼저 말했다.
"우리 사귀자"
갑자기 내 얼굴이 빨갛게 되었다
너무 민망했다.
답장은
"좋아"

그녀한테 말했다.
"너는 무슨 게임 좋아해?"

22

"나는 무한의 계단"
"나도 하는데"
"우리 같이 할래?"
"그래"
"너는 어떤 웹툰 봐?"
"나는 마음의 소리"
"나도 보는데"

시간은 훌쩍 지나갔다
"잘 자"
"응, 너도"

우리는 지금도 사귀고 있다

포기하지 않고 달리면

1학년 김승현

나의 꿈은 치열한 경쟁 속에서 달리는 자전거 선수이다
어른들은 말씀하신다
자전거는 위험하다
하지만 자전거는 포기할 수 없다
처음이자 마지막으로 선택한 꿈이다
다리가 부러지거나 내가 죽지 않는 이상 포기를 못할 것
이다

자전거를 타고 언덕을 오르면 지친다
하지만! 최면이라는 것이 있다
그래서 나 자신한테 말한다
여기까지 왔는데 포기하고 그만하면 끝이다
오르막이 있으면 내리막도 있는 법
이젠 스트레스도 풀고 스릴 있게 내려가자

사소한 이유로 꿈을 꾸기는 싫다

그 누가 나를 증명해주는 자전거 선수를
꼭 꼭 꼭 하고 싶다

키

1학년 전형준

나는 5학년 때부터 키가 작았다
139라는 키는 놀이공원에 갔을 때 롤러코스터 하나 못
탄다
애들은 메가박스에서 곤지암을 보려고 나이를 속이는데
나는 안 된다 엄마는 맨날
형준아, 언제 키 클래, 너 맨날 학교에서 맨 앞에 스지
그 말을 들으면 엄마를 만족시키지 못해서 마음이 아프다

선인장 마음

1학년 장찬희

그때 친구들과 놀기 위해서 저금통을 열 때
내가 나빠 보이고 막고 싶었다
안 되는걸 알면서도 돈을 계속 꺼냈다

자신감이 붙어서
흥청망청 쓰다 보니 돈이 바닥났다
집으로 귀가하는데 마음에 '선인장'이 자란 것 같았다
계속 마음이 찔렸다

엄마 앞에 앉아 진실을 고백하였다
마음에 있던 불에 물 끼얹어진듯
마음에 선인장이 사라진 듯
마음이 편안하였다

고민

3학년 고용빈

잘 보이고 싶은 사람이 생겼다
잘 보여야만 할 것 같은 사람이 생겼다

다 쓴 줄 안 종이에 이면지가 남았을 때
99번 밉보이다가 1번 잘할 때
사람들은 다시 보게 된다고 말한다

아, 귀찮은데 그냥
하얀 도화지처럼
100번 잘해야지

생파

1학년 안치환

친구의 생일이 다가오니
새로 사귄 친구들 만날 생각에
가슴은 콩닥콩닥 생각은 수북수북
애벌레가 알에서 나오는 것처럼
꿈틀꿈틀 꿈틀꿈틀
몸도 마음도 가만히 있질 못한다

내일 친구들을 만날 때
한껏 좋은 이미지를 위해
몸도 마음도 꾸민다

잠을 자며 내일을 조용히 기다린다
애벌레가 번데기가 되어 나비가 되길
기다리는 것처럼

치킨의 효능

1학년 이승한

장염에 걸렸다
몸에서는 있지도 않은 것을
자꾸자꾸 내보낸다

전화가 울린다 삼촌이다
공장이 완공됐다고 한다
아픈 몸을 이끌고 갔다
삼촌이 아플 때는 먹어야 한다면서 돈을 주셨다

장염에 걸렸지만 치킨이 먹고 싶었다
치킨을 먹으면 나을 것 같았다

엄마는 결국 시켜줬다
시켰을 뿐인데 벌써 낫기 시작한 것 같다

치킨이 왔다

걱정 없이 먹었다

다음날 정말 배가 하나도 아프지 않았다
역시, 치킨은 완벽한 음식이다

세상 쓴맛

1학년 이태훈

가물치를 잡기 위해 고북저수지로 간다
가자마자 가물치들이 반겨준다
퍽퍽 푸쉬푸쉬
요란한 소리로 숨을 쉰다

미끼를 던져본다
첨벙!
물었나?
아닌가?
몇 분이 지나
다시 문다

한순간
내 머리는 하얗게 변한다
어떻게 하지?
아무 생각이 나지 않는다

줄을 당겨 보지만 이미 늦었다

시간은 가고 고기는 잡히지 않고
점점 초조해진다
보다 못한 할아버지는 미련을 버리라고 하지만
난 아직도 그 미련을 버리지 못한다

나쁜 놈

3학년 최승철

고등학교를 어디 갈 거냐고 물으신다
실업계를 말한다
졸업 후에 취업하고 싶다고 말씀드렸다
대학을 가라고 하신다
언제나 답은 정해져 있고
인문계, 물론 가고 싶지 않을뿐더러 성적이 안 된다
성적이 안 되는 건 내가 노력을 안 했기 때문이라고 생각
한다
무안한 마음에 화를 낸다
오늘도 이렇게 한 번 싸우고 속을 썩인다
나는 나쁜 놈이다

걱정

2학년 윤준식

우리 누나는 공부 잘해 인천대 행정학과를 들어갔다
누나는 원하는 대학 가서 기쁘고
누나가 기쁘니 엄마 아빠도 기쁘고
나도 기분은 좋지만 한편으로는 걱정이 된다
누나처럼 잘할 수 있을까?
나도 성공할 수 있을까?

아버지께서는 항상 말씀하신다
"공부는 못해도 되니 니가 원하는 거 하면서 살아라"
그렇지만 그때 아버지의 마음속에는
어떤 다른 생각이 있지 않았을까?
공부를 잘해서 좋은 대학에 가길 원하지 않으셨을까?

항상 밝은 척하지만 늘 걱정된다
내가 잘할 수 있을까?
나도 원하는 고등학교에 가고 싶다

하지만 컴퓨터, 휴대폰, 태블릿이 나를 놓아주지 않는다

나는 오래전부터 간절한 소원이 있었다
공부를 잘하는 것도, 성공하는 것도 아니다
단지 가족을 기쁘게 해줬으면 좋겠다

손흥민

3학년 최민혁

경기장 함성이 와~ 하고 울린다
대표팀 선수들이 몸을 풀러 나왔다
저 멀리 손흥민이 보인다
와! 함성이 더 커진다
몸이 다 풀린 선수들이 다시 들어간다
나 혼자 많은 고민을 한다
손흥민은 오늘 선발일까?
하지만 교체다
기다리던 후반전, 전광판에
손흥민 세 글자가 보인다
함성이 울린다
열심히 뛰지만 골을 기록하지는 못한다
그래도 멋있다
그의 이름 손흥민이기 때문에

너도 혼자구나

1학년 김의진

학교 가려고 옷장에서 양말을 찾아본다
나란히 짝을 이룬 양말 중에
내 눈에 띈 짝 없는 양말 하나

잠시 생각해 본다.
'너도 혼자구나'

난 그 양말을 버리지 않고
소중히 간직해 두었다

쟤도 나랑 같은 처지니까

도시 어른

1학년 송해찬

어른들은 도시 같다
어른들의 생각은 도로 위의 차들처럼 똑같다
직업에 대한 어른들의 생각은 웅장한 건물처럼 커다랗다
어른들의 기분은 신호등처럼 자주 바뀐다
어른들은 복지시설처럼 우리를 위한다
어른들이 생각하는 공부는 야근처럼 밤까지 해야 한다
어른들은 결혼을 메뉴처럼 고른다

첫 봉사와 책임감

1학년 나하늘

1365로 첫 봉사를 신청했다
첫 봉사이니 긴장되고, 무섭기도 했다
행사장 안은 무거운 분위기였고
내가 한 일은 참가자를 인솔하는 것이었다

내 눈 앞에 펼쳐진 사람은 6천 명에 가까웠다
한순간에 책임감이 어깨를 짓눌렀다
나 자신이 학생이 아닌, 본질적인 인간으로 느껴지고
머리는 멈추었다 오로지 몸만 움직였다

그때 친구들을 보았다
내 얼굴에 웃음이 번졌고 봉사는 끝이 났다

나는 다시 학생이다
그렇게 책임감은 사람도 바꾸었다

여자 친구가 보면 안 되는 시

1학년 류재후

또각또각
내 뒤에서 좋은 향기가 나기 시작한다
엄청 예쁜 누나와 눈이 마주쳤다
진짜 정말 예뻤다
아 맞다 나 여자 친구 있지
여자 친구도 잊은 순간이었다
여자 친구가 이 시를 보면 절대 안 된다
내 수명이 짧아질 것이다
사랑해 내 여친!

중이염

3학년 김준형

지독한 코감기로 며칠을 보냈다
귀가 아프기 시작했다
선태와 말하는 도중 뭐라는지 몰라서
중이염에 걸렸다고
잘 안 들린다고 말하였더니
왜 중2 때 안 걸리고 중3 때 걸리냐?
라고 하였다
어이가 없었다

전설, 뒤에 남은

2학년 안지원

구렁이가 까치새끼를 잡아먹으려는 것을
나그네가 구해주었다
어미 까치는 구렁이에게 잡아먹히려는 나그네를 위해
머리로 종을 울려 은혜를 갚았다는 전설

마음이 따뜻해지는 희생이지만
어미 잃은 까치 새끼는 어디로

또 구렁이가 찾아오면
나그네도 다시 오려나
혼자 남은 까치를 위해
나그네는 오늘도 같은 길을 걷는다

유성이와 첫 경험

3학년 이인구

유성이가 자기가 다니는 학원에 가자고 했다
일단 가봤다
컴퓨터를 켰다
갑자기 유성이가 이상한 눈빛을 한다
약간 식겁했지만 계속 보고 있었다
난 당황해서 눈을 가렸다
사실 가린척 하고 보고 있었다
유성이를 안 만났더라면
이렇게까진 안 됐을 텐데

나는 나쁜 놈이다

3학년 박진성

나는 나쁜 놈이다
근데 왜 나쁜 놈일까
그래 나는 꿈이 없어서 나쁜 놈이다
왜 꿈이 없을까 생각했다
꿈이란 단어에 진절머리가 나게 만든 게 누군지 생각했다
맨날 꿈이란 걸 강요한 사람들이었다
꿈이란 것이
젖은 수건 짜내면 물 나오듯이 나오는 줄 아나 보다
아니면 누구처럼 '나는 해적왕이 될 거야!'
라고 말하면 되는 줄 아나 보다
꿈이 없으니 방향도 의지도 없는 거라고 한다
그래, 내가 나쁜 놈이지

아무 생각 없이

3학년 노영우

게임을 하는데 거실에서 엄마의 통화 소리가 들렸다
노씨 집안은 글렀어 에휴
엄마의 한숨 소리가 찝찝하다
설마 했더니 내 얘기다 젠장
엄마가 오셔서 전화를 넘기고 간다
여보세요
할머니다, 영우야 공부해야지
난 아무 생각 없이, 그려
그다음 말씀에도 그냥
그려, 그려, 그려
할머니가 걱정하며 전화를 끊었다
무언가 머릿속을 스쳐 간다
난 생각을 안 하는 건가? 못 하는 건가?
나는 생각을 하고 싶지 않은 거다
그래야 편할 것 같아서

기다림

3학년 황대원

나는 항상 기다린다 쇼핑을 한 후에도 계속해서 택배가 오길 기다리고, 걸그룹 트와이스 카드를 빠른 등기로 교환해도 하루를 못 참고 계속 기다린다 게임을 하면서 로딩 창을 보며 항상, 약속시간 전에 나와 기다린다 나는 왜 맨날 기다릴까? 내가 부지런한 걸까? 아니면 다른 사람이 게으른 걸까?

기다리지 않으려고 해도 안 되더라 약속시간에 5분 늦게 도착해보고 버스가 오는 시간에 딱 맞춰 나가봤다 하지만 뭔가 계속 불안하다 이러다 버스를 놓치면 어떡하지? 친구들이 나를 버리고 먼저 가면 어떡하지?

어떡하면 기다리지 않을 수 있을까? 다른 사람들의 생활에도 기다림이 있는 걸까? 나는 매일 같이 기다림과 사투 중이다

.

깨쳐서 미안해

3학년 공필주

깨져선 안 될 믿음이 있다
공부하는 척하면서 게임을 한 건 나의 잘못이다
그 이후로 엄마는 나를 믿지 않는다
도서관에 공부하러 가지 못한다
밤늦게 못 자게 한다
나는 화장실에서 몰래 울고 말았다

비 오는 날

2학년 박준영

작은 우산을 쓰고 집에 간다
친구가 달려와 우산을 씌워달라고 한다
우산이 작은데
고민하다 결국 같이 쓰기로 했다
친구와 같이 가니 우산이 좁다
몸의 반은 축축하지만
마음은 따뜻해진다
둘 다 몸의 반은 다 젖었지만
마음은 행복해진다

2부

엄마 몰래 노는 밤

아빠의 버섯

1학년 이용석

아빠가 버섯을 따신다길래 나도 따라갔다
트럭을 타고 산 위로 올라간다
비닐하우스가 줄줄이 서 있다
아빠랑 동생이랑 삼촌들이랑 똑똑 버섯을 딴다
산 위에서 바라보면 마을 풍경이 멋지다
버섯을 다 따고 사슴장에서 버섯을 말리고
밤이 될 때쯤 일이 끝났다
이제 내다 팔기만 하면 되는데
시장에서 연락이 왔다
갑자기 버섯을 사지 않는다고 해서 너무 서운했다
그리고 너무 슬펐다
이 버섯을 팔면 돈 많이 벌었는데

엄마 몰래 노는 밤

1학년 최상범

온 가족이 잠들면 나만의 미션이 시작된다
이어폰을 찾는다 유튜브 영상을 보면 시간 가는 줄 모른다
엄마 방문 열리는 소리가 나면 5초의 시간이 있다
이어폰을 뽑아 베개 밑에 조용하고 재빨리 넣어놓는 것
그리고 엄마가 들어오신다 내 핸드폰을 찾으신다
베개 밑의 폰을 찾으신다
1차로 핸드폰을 뺏긴다

그다음 컴퓨터를 켠다 소음이 너무 크다 위이이이잉
유튜브와 게임을 하는 도중 걷는 소리가 난다
문이 열리는 소리가 난다 아빠가 화장실 가시는 것
다시 조용해진다 쿵, 하는 소리가 난다
아빠가 소파에서 주무시다 떨어지는 소리
컴퓨터를 조용히 끈다 조용해지면 다시 켠다
그렇게 새벽 4시 50분쯤부터 해가 뜬다

6시가 되면 새가 운다 **쨱쨱 쨱쨱** 닭도 운다 꼬끼오~
개도 짖는다
엄마 핸드폰에서 알람이 울린다

우리 엄마 볼 때마다

1학년 이용석

우리 엄마 볼 때마다 기분이 좋다 왜냐하면
우리 엄마니까 ♡

우리 엄마는 필리핀에서 태어나셨다
성함은 니뇨 프랑코 멜리사

그런데 나는 엄마를 아침 저녁만 볼 수 있다
일을 하시는데 솔브레인을 다니시는데
그래두 야간이면 엄마를 본다
왜냐하면 낮에 주무시고
밤에 일을 나가신다

나는 항상 엄마랑 통화한다
엄마는 오로지 내 생각♡
밥 먹었니? 씻었니? 운동했니?
혈당 몇이야? 집은 들어갔어?

마지막 말은 I love you ♡

엄마 보고싶다아!

컬링과 청소

1학년 유용하

띠리리링
엄마가 문 여는 소리
얼른 책 읽는 척한다
방바닥엔
과자 부스러기, 과자 봉지, 가방, 옷이 섞여 있다

빨리 청소해!
오늘 또 뭔 일 있었나 보다
혼자 청소할 순 없어
동생도 끌어들인다
순진한 우리 동생
좋다고 웃으며 한다
청소기로 바닥을 닦으며
영미! 외친다
동생도 나와 쿵짝을 맞춰 걸레를 뭉쳐 굴린다
테이크 아웃

과자 봉지를 없앤다
쓱싹쓱싹
과자 부스러기를 닦는다
어느새 끝난 청소
반짝반짝 윤이 난다
컬링은
나와 동생의 승리

엄마는 나의 직장 상사다

1학년 지민규

엄마는 나의 직장 상사다

그만 자고 학교 가라
밥 먹고 빨리 씻어라
휴대폰 그만하고 자라
업무 지시를 내리신다

너 학교 끝나고 뭐했어
오늘 왜 이렇게 늦게 왔어
업무 보고도 해야 한다

엄마는
나의 직장 상사다

귀신

1학년 오서진

2학년쯤 나는 귀신을 믿었다
그래서 나는 엄마도 귀신을 믿는 줄 알았다

엄마가 나에게 문제집 두 장을 시켰다
엄마가 오기 전까지 한 시간
그런데 나에게는 너무 촉박한 시간이다

침대에서 엉덩이가 안 떼졌다
마치 내 몸이 얼은 것 같았다
엄마가 생각보다 빨리 왔다

나는 거짓말을 했다
나는 풀었는데 귀신이 지운 것 같다고
심장이 1초에 3번씩 뛰는 것 같았다

엄마께 들통이 나고

나는 뒤지게 맞고
귀신이 없다는 걸 알았다

두 얼굴

1학년 김연우

엄마는 두 얼굴을 가지고 있다
우리 엄마뿐만 아니라
전 세계 엄마의 공통점이다

취미활동, 가족여행, 홈쇼핑, 드라마를 볼 때
그럴 땐 항상 웃고 계신다

하지만, 눈치 없는 우리가
휴대폰을 드는 순간 얼굴이 확 바뀐다

눈치 없던 우리는 단련이 돼
톡을 봤다고 하며 공부하러 들어간다

김치찌개

2학년 이제원

식탁에 모여 앉았다
오늘의 메뉴는 내가 제일 좋아하는 김치찌개다
엄마표 김치찌개는 어디 가도 맛볼 수 없는 맛이다
나는 한 공기를 뚝딱 해치운 후 한 그릇 더 먹는다
한 그릇 가지고는 간에 기별도 안 간다
김치찌개가 있는 날은 온종일 행복하다
엄마의 김치찌개는 우리만 먹긴 아깝다
나중에 장사를 시켜드려야겠다

다른 세상

3학년 조준희

나는 게임을 한다
아빠는 술을 먹는다
나는 게임을 많이 하는 사람이 보인다
아빠는 술을 많이 먹는 사람이 보인다
아빠와 나는 서로 다른 세상에서 살고 있나 보다

가족

2학년 오영호

아빠는 매일 밖에서 밥 먹고 술 먹는다
일 때문이라고 하지만
아빠 빼고 나머지는 아빠가 거짓말한다고 한다

엄마는 매일 참는다
아빠가 사고 쳐도 참고
동생이 까불어도 참는다

형은 멍청하고 애기 같다
나한테 속아서 돈을 잃기도 한다
애기같이 다 챙겨줘야 한다
꼼꼼하지 못해서 돈을 자주 잃어버린다

동생은 나의 못난이다
아무리 생각해봐도
저렇게 못생길 수가 없다

PC방 몰래 가지 마!

1학년 김태경

나는 몰래 게임한다는 걸 잊은 채
게임을 하였다

아버지가 어디 갔다 왔냐고 하였다
시내 갔다가 비 와서 왔다고 했다

아버지는 비는 아까도 왔다고 하였다
나는 할 말이 없었다
몰래 간 것은 바보 같은 짓이었다
아니 거짓말한 것이 더 잘못이었다
미안해요ㅠ

66

한 시간만

1학년 장성우

엄마 아빠 가게 가시고
동생은 친구네, 형은 놀러 가고
집엔 나밖에 없네
엄마는 공부하라고 하시네
30분 앉아 있지만 휴대폰이
카톡 카톡 카톡
친구가 PC방을 가자고 하네
단호하게 거절하지만
가고 싶다 가고 싶다
한 시간만 하자
PC방을 갔다 와서 공부 하는 척
엄마는 그것도 모르고 칭찬하며 조금 쉬라고 하시네
엄마께 죄송합니다 ㅠㅠ

혼자

1학년 오윤진

문을 열었더니 최적의 서식지가 펼쳐졌다
엄마라는 천적도 동생이라는 천적도 없는

하지만 마지막 천적이 있으니
숙제였다

하지만 숙제 따위는 날 방해할 수 없다
내일의 나에게 맡기고 행복에 취한다

얼마 있지 않을 행복을
오늘도 즐겨본다

어떻게 해야 하는 거지?

1학년 박강민

아빠가 식탁에 있는 걸 치우라고 하셔서 치웠다
깨질까 봐 조금씩 가져갔는데
"언제 다 하냐 한 시간 걸리겠다"
그래서 많이 가져가고 있는데
"왜 이리 많이 가져가냐 다 깨지겠다"
이번엔 정도껏 가져갔는데
"빨리빨리 해라"
방문을 덜컥 닫고 곰곰이 생각했다
내가 뭘 잘못했나?
어떻게 해야 하는 거지?

불

1학년 김서현

오늘 동생의 잘못으로
엄마에게 불이 붙었다

그 불로 동생을 태우고 있다
활활 타고 있다

나한테 불씨가 옮길 것 같아서
공부를 하는 척하며
숨었지만 불씨가 옮겨붙어
나도 혼난다

엄마의 화는 불
우리는 종이

아팠던 고민

1학년 박건하

따스한 봄날
나는 여느 때와 같이 놀러 가려고 준비를 한다
동생이 방에 들어온다
"형 또 어디가?"
나는 나를 위해 거짓말한다
"아니, 그냥 도서관 갔다 오려고"
하지만 동생은 누구보다 나를 잘 안다
"형은 왜 나만 떼놓고 친구들이랑만 놀아?"
나는 당황한다 동생은 슬퍼한다
엇갈리는 감정 속 고민을 하다
결국 동생이랑 놀러 간다
동생은 행복해 보인다 아니 행복하다
동생과 내가 걷는 길은 동생의 마음 같다
행복하다 동생도, 나도

아버지의 카톡

1학년 강승민

고양이가 나비를 보듯
강아지가 꼬리를 보듯
카톡을 본 아버지는
호기심이 왕성하셨다

난 선생님이 되어
가르침이 필요한 학생을 가르쳤지만
문자가 오지 않아
아버지는 외로워했다

카톡을 증오하고
장난감을 앞에 두고
만질 수 없는 아이처럼 삐져버렸다
그런 아이를 달래는 사탕처럼
문자가 오시자
아버지가 달려나간 자리엔

봄바람이 휘날린 듯
향기만 남아 있었다

할아버지 장례식

1학년 강동혁

2017년 11월 6일
할아버지가 돌아가셨다
별똥별이 한 번 떨어지듯이
한 사람의 인생도 끝났다
시위를 하듯 모두가 크게 울고 있었다
나도 슬픈 생각에 빠지며 울었다

할아버지 초상화를 봤는데
할아버지의 인생에서 그렇게 웃고 있는 모습은 처음 봤다

마지막 화장할 때 카톡을 읽어보니
할아버지가 마지막으로 하셨던 말은
"대학 갈 때까지 기다려 줄게"
하는 말이었다

이상한 내 마음

1학년 박민준

아빠와 휴대폰 때문에 또 싸웠다
아빠가 시간이 늦었으니까 그만 하고 자라고 했다
나는 학원에서 지금 와서 쫌만 하다가 자려고 했는데
아빠는 내가 또 대든다면서 일리오라고 하신다
마치 링 위에 올라가듯이 긴장을 한다

아빠는 나를 나이로 눌러버린다
나는 아무 말도 못 하고 눌려버린다
속상한 마음에 눈물이 쏟아졌다

싸움이 끝나고 나는 침대 위에 쓰러졌다
자면서 아빠와 다시는 말을 하지 않는다고 또 다짐한다
그치만 또 아빠에게 가 있는 내 마음
이상하다

아저씨

3학년 김문선

이야, 저 누나 이쁘다
친구들이 수군대며 이쁜 누나를 본다
나는 아저씨를 본다
슬리퍼를 질질 끌며 담배를 물고 나오는 아저씨
아파트 공사 현장에서 먼지투성이가 된 아저씨
술 한 잔 하시고 길거리에서 깽판 부리는 아저씨

회사에 지각할까 봐 아침에 허둥지둥하는 아버지
담배를 아직도 못 끊으시는 아버지
가끔 병원에 다녀오시는 아버지
바나나를 먹으면 나한테 바나나?
하고 자기 혼자만 빵 터지는 아버지
아버지, 나의 아저씨

가족이 되는 것은

3학년 채재혁

아빠와 형이 말싸움을 했다
아빠는 형의 행동이 바뀌었으면 하고
형은 아빠의 강요가 싫은 것이다
형은 아빠를 아빠라 생각하지 않는다
당연하다 친아빠가 아니니깐
아빠는 새아빠이다 하지만 새아빠는
우리를 친자식으로 생각한다
그러나 형은 아빠가 남이라 생각한다
이렇게 서로 지칠 때까지 싸우다가
서로 할 말이 없는지 방으로 갔다
그 모습을 본 나는 이렇게 생각했다
아, 가족이 되는 것은 어려운 거구나, 라고

구부러진 할미꽃

3학년 이용선

길 가다 우연히 본 할미꽃
우리 할머니도 저렇게 허리가 굽으셨는데
우리 할머니도 대천 가는 커브길 마냥
엄청 구부러지셨는데
할미꽃의 흰색 털처럼 흰머리 우리 할머니
아픈 몸에도 웃으셨던 우리 할머니
보고 싶어도 못 본다
자주 꿈에 나오는 우리 할머니
위에서는 잘 계시겠지
꽃을 자주 밟는 나는
할미꽃만큼은 못 밟겠다
실수라도 밟지 않게
살금살금 고양이처럼

진짜 친구

3학년 전환희

칼바람이 매섭게 불던 작년 겨울날
할아버지가 돌아가셨다
가족 모두 울고 슬퍼했지만
또 한 사람이 있었다
우리 가족도 아닌데
내가 잘 아는 할아버지도 아닌데
장례식에 오셔서 무척 슬퍼하셨다
아버지한테 여쭈어보니 할아버지의 동네 친구분이라고 하
셨다
할아버지는 3일 동안 슬픔을 나누며
할아버지가 묘에 묻히시는 순간까지도 같이 계셨다
난 생각했다
"내가 죽을 때 저렇게 슬퍼해 줄 친구가 있을까?"

파란 트럭

3학년 지상원

햇볕이 따가워 큰 나무 그늘 밑으로 갔다
밭에서 구경만 하니 지루했다
할머니 댁으로 돌아가려는데
길을 잃을까 봐 동생이 붙잡았다
재미있는 모험을 하는 것도 나쁘지 않다고 생각했다

담배 표지판을 단 작은 마트와 초록색 다리가 보이지 않
았다
　돌아가는 길도 찾지 못하고 울고 있을 때
　동생에게 소식을 듣고 찾아오는 아빠의 파란 트럭이 보
였다
　울고 있는 나를 꼭 안아주었다

물수제비

3학년 이은천

아버지가 돌을 날리신다
통. 통. 통. 통
돌이 물을 튀기면서 날아간다
나는 매우 신기해 하면서 따라 해 봤지만 안됐다
어떻게 해요?
아빠가 말하셨다
돌이 납작해야 한다
그리고 아빠처럼 던지면 된단다
아빠처럼 되고 싶다

3부

내일부터 백공

The 봉황컵

1학년 오태식

뜨거웠던 봉황컵의 기적을

나도 주전, 이었지 그런데
주전…자
경기가 끝날 때까지 뜨거운 햇살로부터
시원한 물을 지키는 멋진 역할

나는 주전자가 되고
친구들은 축구 게임판의 인형이 되었다
밀당이 계속되고

그 순간
모두가 환호했다

아주 멋졌던 상대편 현세의 자살골
현세는 이기고 싶던 우리 반에게

민들레에 몸을 바친 강아지똥이었다

아무도 그날을 잊을 수 없다

짝꿍의 잠

선생님께서 나를 보신다
난가?
아, 아니구나
내 짝꿍을 보신 것이다

선생님께서 나를 또 보신다
이번엔 난가?
아, 이번에도 아니네
또 내 짝꿍을 보신 것이다

내 짝꿍은 맨날 잠을 잔다
무슨 꿈을 꾸는지 너무 궁금하다

학교 오는 길

2학년 김태구

하루도 빠짐없이 기분이 구리구리한 학교 오는 길
20분 빨리 일어나도 출발하는 시간은 5분 차이
일찍 출발하면 의자를 뎁혀도
궁뎅이가 따뜻해지기 전에 도착하고
어중간하게 출발하면 차가 막혀 궁뎅이는 따뜻하나
학교에서 휴대폰 할 시간이 없고
늦게 출발하면 엄마가 잔소리를 늘어뜨리며 전막에서 걸
어가라 하고
이러나저러나 답이라고는 내 발톱에 낀 때 세포만큼도 찾
아볼 수 없는
학교 오는 길

메시와 호날두

3학년 장건우

오늘은 학교 스포츠 시간
나에게 좋은 패스가 들어온다
어제 봤던 축구 동영상의
메시와 호날두를 생각해 본다
메시처럼 한 명 재끼고 두 명까지 재낀다
슛 각이 보인다
호날두처럼 한 번 치고 두 번 치고 때린다
나도 두근두근 골키퍼도 두근두근
안 들어갔다
난 메시와 호날두가 아니었나 보다

시험기간

1학년 류승원

엄마가 화를 낸다

나는 알았다며
밖으로 나왔다

푸드덕푸드덕 나방 소리에
몸을 움츠린다

조용하던 독서실에
문을 따고
의자를 끌며 앉으니
모두 나를 보는 것 같다

한 시간이라도 하고 오라던
엄마의 말에
나는 한 시간만 한다

엄마는 잠들어 있다
그렇게 나도 잠이 든다

돌아간 내 발

1학년 박창현

축구대회를 앞둔 어느 날
5교시 스포츠클럽 시간이었다
그렇게 몸이 가벼웠던 건 처음인 것 같았다
공이 상대 수비수에게 가서 나는 압박을 하였다
상대 수비수가 공을 차려고 할 때 나는 점프를 하며 막으
려 하였다
상대 수비수가 찬 공이 내 발끝에 맞으며 발이 오른쪽으로
돌아갔다

병원에 가보니 골절이라고 하였다
한 달 동안 걷지도 말고, 1년 동안 운동도 못 한다고 하
였다

아이들이 신나게 축구와 농구를 한다
그런 모습을 보는 내 머릿속엔 축구공과 농구공이 굴러다
닌다

나는 1년이 10년 같다

농구를 하면

1학년 신재한

휠휠, 휠휠 사뿐사뿐 농구를 하면
나는 날아다닐 것처럼 신난다

친구들과 농구를 하면 시간이
물 흐르는 것처럼 가버린다

통~ 통 농구공을 튀길 때마다
내 심장도 같이 뛰는 것 같다

흡연자가 담배에 중독되듯이
술에 중독되듯이

인생

1학년 최종인

알람 맞추고 잤는데 알람은 날 배신 때리고 학교에 지각하
였다
쉬는 시간 친구들과 노는데 선생님은 하필 나를 부른다
심부름하고 오니 다음 수업은 이미 시작하였고
교과 선생님은 지각했다고 뒤에 서 있으라고 하신다
거기까지는 참았는데 화장실에 가다가 넘어져 망신을 당
했다
드디어 학교가 끝나고 집에 가는 길
소나기가 내려 옷, 가방, 신발이 다 축축해졌다
정말 그지 같은 인생이다

희생은 오히려 나

1학년 이준원

나는 뛰다가 태윤이의 팔을
뿌러뜨렸다
그리고 나는 태윤이의
노예가 돼버렸다

태윤이가 우유 갖다 줘 하면
갖다 줘야 한다

또, 태윤이가 급식 다 먹으면
내가 대신 갖다 놔야 한다
지금은 다 나았다
태윤이는 아직도 나를
노예로 생각하나보다

텃밭 도우미

1학년 김태윤

씨를 하나하나 심는다
상추는 상추처럼 커가는 상추
무럭무럭 커가는 상추
무럭무럭 커가는 나
물도 주고 상추도 따고
상추는 나와 같다
상추처럼 나도 클 것이다
빨리 크고 싶다

하굣길 전쟁

1학년 김선우

현관에 학생들이 몰려있다
서로 부딪히고 밀고
내가 먼저 아니 내가 먼저
서로 먼저 나가려는 학생들의
하굣길 전쟁

그때 3학년 형들이 오니
모세가 강 가르듯 길이 열린다
약육강식의 세계처럼
형들로 인해 하굣길 전쟁이 끝난다

PC방

2학년 신동현

매일 학교 끝나고 밥 먹듯이 간
PC방 심심할 시간 없는
그 PC방

생일 때도 어린이날에도
빠짐없이 가던 PC방

라면 시켜 먹으면
차원이 다르게 맛있는
그 PC방

야구장

2학년 조철민

내가
야구장에 갔다
내 생애 첫 야구장이었다
야구장에 도착했다
시장처럼 시끌시끌
응원하는 함성
내 몸은 즐거웠다

선수가 만루 상황에 홈런을 쳤다
그 순간 내 속이 뻥 뚫리며
사이다를 마신 것 같았다
파도타기를 했다
모두가 하나가 된 것 같았다
야구장에 가면 옆 사람과 말을 하게 되고
친구가 된다

나는 지금도 생각한다
그때 그 야구장을

쥬라기 월드

1학년 정현수

시험 기간이다
다들 공부를 무섭게 한다
그 열정이 나를 잡아먹을 것 같다

근데 나는 뭐하지?
시험 기간인데 나도 공부해야지!
했지만 마법처럼 몰려드는 잠

꿈을 꾼다
시험을 잘 보지 못한 나
화를 공룡처럼 낼 엄마를 걱정하는 나

집에 묵묵히 들어간다
시험 결과 나왔니?
아니요 아직이에요

그러곤 배틀그라운드의 기절한 사람처럼
방으로 기어 들어간다
진작 공부 좀 할걸

일상생활

1학년 이종헌

아침에 알람이 날 깨우고
화장실은 날 세수시킨다

숟가락은 날 밥 먹여주고
젓가락은 반찬을 집어준다.
자동차는 날 학교까지 데려다주고
선생님께서는 날 가르쳐주신다

집은 날 재워주고
이불은 날 안아준다

모두가 내 일상생활이다

항상 같은 날

2학년 오윤석

학교에 가고 학원을 가는 하루가 반복된다
학원 끝나고 다음 하루의 숙제를 한다

"나 학원 안 다니면 안 돼?"
"나 학원 안 가면 안 돼?"

엄마는 항상 같은 말
"조금만 더해"
"조금만 힘내"

개미와 베짱이의 개미처럼
콩쥐팥쥐전의 콩쥐처럼
흥부전의 흥부처럼

항상 힘들어 하고
항상 졸려 하며
잠이 든다

9회 말

3학년 하찬민

9회 말에는
모두가 조마조마

투수의 공에
선수들도 팬들도 조마조마

학생의 시험결과에
학생들도 부모들도 조마조마

한순간에 갈라지는
기쁨과 슬픔

안 풀리는 날

3학년 이찬복

체육 시간 수행평가가 있었다
연습할 때는 30초에 8개 A를 맞을 것 같았다
그런데 긴장해서 그런지 4개 밖에 넣지 못했다
평가가 끝난 뒤 다시 하니 또 30초에 8개 넘게 넣었다
체육이 끝나고 칠판을 보니깐 기가 프린트 검사라고 쓰여
있다
어제 조퇴를 해서 지금에서야 알았다
기가 프린트는 어찌어찌 간신히 냈는데
도덕 프린트도 검사한다고 한다
정말 정신이 없다
어제 저녁에 먹은 약 기운만 풀렸나
온종일 못 움직일 만큼 아팠다

잠이 고픈 밤

3학년 복재창

12시가 되면 수마가 몰려온다
아주 죽을 거 같다
하지만 나는 잘 수 없다
모르는 문제를 경쟁자에게 물어보면
답장이 칼 같아 베일 것 같다
새벽 1시인데 말이다
대체 왜 안 자는 걸까
다시 한 번 마음을 다잡고
몸을 불사른다
하지만 이것도 얼마 못 간다
그때 폰이 울린다
"이거 정답 뭐야?"
참으로 잠이 고픈 밤이다

독서실

3학년 강신호

뒤에는 시원한 에어컨 바람이 나오고
든든한 칸막이 덕분에 책상은 나만의 공간이 된다
공부하기에 최적의 조건, 우리에겐 놀기에 최적의 조건
이다
책상 위로 올라가 누워도 보고 다른 애들은 무얼 하는지
염탐도 한다
한 명은 노트북으로 동영상을 보고 한 명은 지긋이 멍을
때린다
시험 기간에 공부 빼고 다 재미있는 것은
나나 친구들이나 똑같은 것 같다

시험 기간인데

3학년 김태천

공부하다 말고 빗소리를 들어본다
창문에 부딪히는 소리
자갈돌에 떨어지는 소리
나뭇잎에서 떨어지는 소리
이 소리를 모으면
멋진 음악이 된다
멋진 음악에 답례로
내 시험 점수를 줬다

오늘도 내일도

3학년 김정태

우리 반 오른쪽 맨 앞자리 그가 있다
3학년 전체가 그를 티모충이라 부른다
그분은 오늘도 장인이 되기 위해 피시방에 간다
"너는 공부 안 하냐"
"오늘까지 피시방 가고 내일부터 공부한다 진짜"
 며칠 후
"공부했냐?"
"진짜 오늘까지 피시방 가고 내일부터 빡공한다"
그리고 다음날
"진짜 오늘까지…"
"닥쳐"
오늘도 후회하는 그이지만
"어제 롤 4시간 돌렸다ㅋ"
…ㅋ
그의 이름은 이용민
전설이다

혹시나 했더니 역시나

3학년 권락균

밤이다
나는 엘리베이터를 타고
집에 올라가는 중이다
엘리베이터 안에서 치킨 냄새가 난다
혹시나 하고 설렌 마음으로
집에 들어간다
그런데 역시나
우리 집은 아니었다

우리 학교

1학년 김보관

교장 선생님께서 학교에 새로 페인트칠을 하셨다
벽은 아이보리와 올리브그린색이다
그런데 누가 복도 벽에 신발 자국을 냈다
아침에 지우개로 벽을 닦았다
지우개가 반이나 닳을 때까지 계속 지웠다
벽이 깨끗해졌다
나는 이제 벽에 신발 던지기를 안 할 것 같다

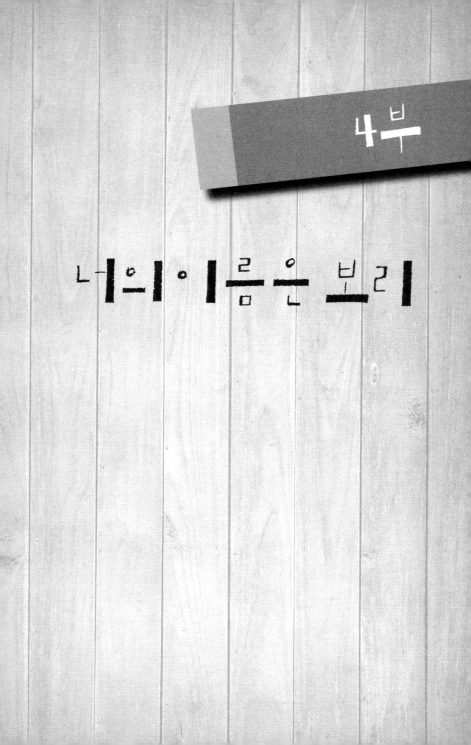

4부

나이 이름은 보리

국고개길

3학년 김인서

백 개 넘는 계단을 따라 올라가면
백 살 넘은 왕벚나무가 반겨준다
떨어지는 꽃잎보다 사람이 많아
꽃잎이 슬쩍 사람들 머리에 앉는다
벚꽃 머리핀 한 사람들이
이리저리 쏘다니며 벚꽃 흉내를 낸다
개구쟁이 꽃잎은 팽이에도 앉아보고
역사박물관 투호 통에 쏙 들어가 장난도 친다
사람도 꺄르르 벚꽃도 꺄르르
모두 소리 내 웃는다

생명을 심다

1학년 오휼빈

자동차처럼 빠르던 '달팽'이
이젠 돌처럼 가만히 있다

달팽이를 들어보니 알맹이가 없는 열매 같았다

달팽이를 들고 문을 닫을 때
마음에 문을 닫는 거 같았다

엘리베이터를 타고 내려갈 때
마음이 쿵 내려가는 것 같았다

달팽이를 화단에 묻어줄 때
생명 하나를 심는 것 같았다

나라면 행복할까?

1학년 김준렬

사람들이 바이크를 타고 기합을 쓰며 들어갔다
마치 악을 쓰며 전쟁을 하는 것 같다

근데 지금 뛰는 사람들은 좋을까
우리는 하나하나 쇼가 바뀔 때마다
환호성을 지르지만
그 사람들은 우리의 환호성 때문에
경악을 지르는 게 아닐까
하는 생각도 들었다

서커스단은 사람일까?
그걸 보는 우리도 사람일까?

나는 죽였다

1학년 주현성

나는 거북이를 키웠었지
그 거북이 두 마리
내가 책임지지 못해서
내가 돌봐주지 못해서
두 거북이는 서로 사랑할 수 있었는데
맛있는 밥을 먹고 언젠간 강을
헤엄칠 수 있었는데
지금은 하늘에서 날고 있겠지
물에 있어야 할 몸이
땅속에서 잊히고 있다.
내가 생명을 다룰 사람이 못돼 미안하다
내가 못돼서 미안하다
나 같은 사람 만나지 마렴

대나무

3학년 정재준

나는 죽순이고
내 주변은 대나무 숲이다
대나무는 나와 달리 잎이 있고
나와 달리 길다
대나무는 여러 마디
잎을 매단 마디도 있는데
나는 그런 것 하나 없는
평범한 죽순이다
바람에 꺾여 쓰러진 것들도 있는데
나는 그들처럼 꺾일 수도 없는
작은 죽순이다

답안지

3학년 이정민

어릴 적 수학이 재미없어
계속 뒷장으로 가는 중
답안지를 발견하게 된 어느 날
답안지를 이용하여
문제를 풀고
채점을 받던 날
야생동물을 마주친 것처럼
빨리 뛰기 시작한 내 심장
거인의 발소리처럼
커진 내 심장 소리에
어머니가 모른 척해 주신 그날
들키지 않아 마냥 좋아했던 그날
그날로 돌아가 실수를 지우고 싶다

벚꽃구경

3학년 정원경

꽃잎이 바람에 날려
하늘을 가득 메우고
차들을 모두 덮고
도로는 온통 하얗고
풍경은 마음에 녹아
눈을 가득 채우고
말은 모두 벚꽃
생각은 온통 분홍색

라면

3학년 한광희

후루루루루루룩 쩝쩝 후루루루루루루룩 쩝
뜨겁지만 참으면서 면이 불기 전에 먹는다
후루루루루루루룩 쩝 후루루루루루룩 쩝쩝
지난겨울에 담근 매콤한 김치를 얹어 먹는다
후루루루루루루룩 후루루루루루루룩
헤어진 친구가 떠오른다 쫄깃하고 맛있는 라면

녀석은 라면같이 쫄깃한 성격을 가졌고
라면 같이 필요할 때 있었으며
라면과 다르게 때론 냉면처럼 시원시원했다
좋아하는 연예인을 말할 때의 눈은 정열이며, 진심이라서
항상 감탄하게 된다

오늘도 창밖을 바라보니 어둠뿐이라
내 마음도 울적하다
이럴 땐 역시 라면 한 그릇

냄비에 물을 끓이고 스프와 면을 넣고
5분 정도 더 끓인다

수학의 왕도는 없다

3학년 이관수

수학 선행으로 배우게 된 수학자 '유클리드'
어떤 사람인지 궁금해져
인터넷도 찾아보고 도서관도 가보고
찾아보니 흥미로운 그분들의 삶
그림 보니 이해되는 그분들의 공식
신기하고 흥미롭고 그랬던 수학이
막상 시작하니 부담감만 생긴다
정녕 이 사람들은 뇌 구성이 어찌 돼 있는 거야
하는 수 없지
유클리드, 피타고라스, 바스카라씨
오늘도 한 수 배우겠습니다
시험을 보게 되는 그 날까지
신세 좀 지겠습니다 여러분들

나는 나

2학년 김주호

나는 공부만 하는 기계가 아니다
나는 감정이 없는 로봇이 아니다
나는 그냥 나다
나는 오늘도 새가 되어 저 하늘을 나는 상상을 한다

이 세상은 새장이다
이 세상은 자꾸 나를 가둔다
파랑새가 되어 훨훨 날고 싶다
새장 밖의 세상을 누비고 싶다

상상의 눈을 감고
터벅터벅 학교에 간다

인생

2학년 한승우

오늘도 우리를 잡아먹을 듯이
입을 크게 벌리고 있는 학교로 들어간다
친구들과 옹기종기 모여 시간이 빨리 가기를
바라면서 참새 떼처럼 짹짹거린다

1교시 수학 시간에는 방정식
2교시 과학 시간에는 이온화
3교시 정보 시간에는 비트엡
하루에 7시간씩, 24시간 중 7시간이나 공부를 한다

공부를 좋아하는 애도 싫어하는 애도
시간표가 붙으면 이구동성
아! 하고 탄식을 내지른다
그렇게 마지막 7교시까지 끝나면
학교는 되새김질하듯 우릴 다시 밀어 올린다
내일도 우리를 집어삼킬 입으로

학교가 끝나면 모두 학원으로 간다
영어 학원 수학 학원 이름만 다를 뿐
같은 내용을 가르치는 학원으로

나 그리고 나

나는 가끔 이런 생각을 한다
또 다른 세상에는 또 다른 내가 있겠지

곰곰이 생각한다
또 다른 나도 이런 생각을 하고 있을까?

그래서 기대가 된다
다른 세상의 나
나의 미래가

4부 너의 이름은 보리 **129**

두 바퀴의 기적

2학년 고병찬

바퀴 두 개와 세 개는 큰 차이가 있다

처음 달리는 두 바퀴의 자전거는
다른 시선으로 세상을 보게 하는 꿈같은
징검다리

그 징검다리를 디디는 순간
두 바퀴의 기적이 나타난다

두 바퀴의 기적은
이뤄 본 사람만 안다

시간

1학년 이승한

나는 느리다
쟤는 빠르다
나는 쟤를 절대 못 따라잡을 것 같다

한 번쯤 쉴 법도 한데
끝없이 달리는 저 녀석
뭐가 그리 급한 걸까

정해진 틀에 갇혀
평생을 뛰는 거다
나도 쟤도 얘도
쫓기고 있는 거다

문득 궁금해졌다
달리기를 멈추고 깊은 생각에 잠겼다
왜 쉬지 않고 달리는 걸까

이젠 아니다
나는 벗어났다

슬리퍼

1학년 이정원

나와 함께 매일 놀던 짝은 없어지고
낯선 상대를 만났다

어디야?
크게 외쳐보아도 찾을 수 없다
낯선 상대도 자기의 짝이 없어져
말없이 묵묵히 있다

매일 바뀌는 나의 짝
언젠가는 다시 원래 짝이 오겠지?
희망을 품어보지만
나의 짝은 나를 버리고
다른 상대와 놀고 있다

나는
지금 짝이 없는 슬리퍼이다

롤러코스터

1학년 염기수

롤러코스터가 덜컹덜컹 체인을 타고 올라간다
올라갈 때 내 마음이 체인처럼 덜컹덜컹

다 올라와 밑을 보면 온몸이
마비가 되어 아무 데도 못 본다

롤러코스터가 슝슝 내려갈 때
난 착하게 살 거라고 기도를 했다

내가 이 놀이기구를 왜 탔을까

표현하기

30도가 넘어가는 여름
반팔 반바지로 느껴지는 더위에
문득
이 더위를 얼마나 많이 표현할 수 있을까?
궁금해졌다

덥다 뜨겁다 열기가 느껴진다 후덥지근하다
열기가 살 속을 파고든다 감각이 없어진다
얼음이 빨리 녹는 것 같다 살이 타는 기분이다
열기가 뼛속까지 들어간다
오븐에 들어온 것 같다

어?

바람이 분다
난 다시 바람의 시원함을 표현할 것이다

과연 얼마나 많은 표현이 나올까?

만약 이런 시가 성공한다면
난 그것을 '기적'이라고 부를 것이다

3월에 지는 벚꽃

2학년 박종문

한참 더 피어오를 수 있었다
아니, 몇 시간은 더 있을 수 있었다
행복했던 시간이 지나고
다시는 올 수 없는 시간이 간다

다른 사람들은 모르겠지만
우리 가족만은 알 수 있는 그녀
그녀는 다시 곁으로 올 수 없다

죄송하고, 죄송하고, 또 죄송했다
집에 돌아와, 방에 들어가려 하면
너는 왜 인사를 안 하냐며
호통을 치시던 그 얼굴

이제는 다시 볼 수 없겠지
나는 웃으며 할머니 앞에 설 수 없겠지

나보다 더 큰 고통과 서러움을 이겨내셨으니
할머니 앞에 고개를 들 수 없겠지

너의 이름은 보리

3학년 한성종

고요한 저녁에 아버지가
상자 하나를 창고에 갖다 놓으셨다
그리고 5분 뒤 전화가 왔다
"창고로 오렴"
창고로 바로 달려갔다
아버지 옆에
작은 고양이가!
옆 마을에서 얻어 왔다고 하셨다
고양이 이름은 어떻게 지을 거냐고 물어보셨다
생각이 안 났다
보리차를 마시며 생각했다
그리고 보리차에서 이름을 땄다
이제 너의 이름은 보리야
알겠지 보리야

잊을 수 없는 순간

3학년 정승현

현장체험학습 하루 전,
소풍을 간다는 기대감에 실컷 떠들고 있다
무슨 먹거리를 사갈까,
학교 마치고 전원을 켜는 순간
큰아버지가 돌아가셨다는 문자
큰아버지의 성함은 정명희
나이는 48세이시고
3남 중에 장남이시다
큰엄마, 대학교와 중학교에 다니는 딸들
고등학교에 다니는 아들이 있다
정안 할머니 댁에서 고추 농사를 도와드릴 때
큰아버지는
"아빠한테 잘해드려라"
하셨다.
선생님께 내일 소풍 못 간다고 말씀드리고
정신이 반쯤 나간 채 걸었다

세상에서 가장 실용적인 일

3학년 장준서

사람들은 누구나 이 일을 하고
이 일을 통해 행복을 얻는다
또 누군간 이 일에 대해 연구하고, 책도 쓴다
그리고 이 일로 영감을 얻는 일도 있다
근데, 학교는 이상하다
이 일을 못 하게 하는 것은 물론
이 일을 하면 맨날 혼난다
정말 이상한 일이다
하지만 난 오늘도 이 일을 할 것 같다
이미 하고 있다
그리고 선생님께서 말씀하신다
"나가"
그 일은 '잠' 이다

최순실 사건

3학년 안중섭

이런 불공정한 나라!
부모님께서 소리를 지르신다
방에서 나가보니 격분하셨다
TV에서 나라의 검정색 뉴스를 하고 있다
어두운 밤 빛나는 별빛을 향하여 땀 흘려 달려가는 사람들
그들을 밀치고 자동차같이 편하게 가는 사람들
고모께서 가족들을 불러모았다
우린 저렇게 살진 말자
둘러앉아 가족들끼리 다짐한다

일요일 아침

3학년 정보광

일요일 아침 나는 영문도 모른 채
엄마의 손에 이끌려 교회에 갔다
교회에서의 일
'기도'
기도를 하다 점심을 먹는다
기대에 가득 차 점심을 받았다
가지볶음, 브로콜리, 파김치, 된장국
나는 먹을 게 없다
집에 가려다가 엄마에게 걸렸다
오후 5시나 되어서 들어온 우리 집
우리 집이 이렇게 편할지 몰랐다

갈매기의 꿈을 위해
- 우린 어떻게 더 큰 자기에게로 가는 것일까?

오철수 시인

　제가 운이 좋아 봉황중학교 학생들의 작품을 두 번이나 읽게 되었습니다. 감사합니다. 이번 시집도 여전히 '공부, 공부, 공부…'라는 틀 안에서 생명적 성장으로 나아가는 웃음과 아픔, 자기성취의 기쁨과 각오 등이 여러 소재를 통해 표현됩니다. 그걸 읽는 것만으로도 와글와글거리는 중학교 교실에 와 있는 듯합니다. 저는 일전에 여러분의 선배들 시를 읽고 「생명력의 시에 감염되어 보자」라는 글을 썼습니다. 거기서 학생들의 서정의 특징을 다음 네 가지로 정리했습니다. 첫째, 아이들은 사회적 명령보다 자신의 생명력에 근거하여 보고 느끼고 생각합니다. 둘째, 자신의 일상을 생명적 관계로 새롭게 디자인하고 싶어 합니다. 셋째, 사회적 명령과 부딪칠 때 아이들은 순응하기만 하는 것이 아니라 자기들 방식으로 비틀고 재미를 만들어냅니다. 넷째, 아이들은 늘 활동적으로 어제의 자기를 넘어서고자 합니다.

이번 시집도 이런 귀한 서정 내용으로 가득합니다. 하지만 이런 서정의 양상은 한번 살펴본 것이므로 이번 글에서는 위의 네 가지 특징을 토대로 '아이들이 어떻게 자기 성장을 이루어 가는지' 보려고 합니다.

여러분들도 잘 아시겠지만, 성장이라는 것은 그냥 주어지는 것이 아닙니다. 생명적 힘이 커지지 않는다면 성장이라고 말할 수 없습니다. 그래서 성장이라는 말은 늘 생명적 힘의 증대와 함께하고, 지금의 자신을 넘어서는 성장통을 동반합니다. 자기에 대한 저항과 어려움을 극복하고 기쁨으로 바꿔 내는 것에서 성장이 나오는 것입니다. 한 걸음씩 더 큰 자기에게로 가는 것입니다. 청소년 권장도서인 리처드 바크 『갈매기의 꿈』(Jonathan Livingston Seagull)에 나오는 갈매기 조나단처럼 현재의 문제를 의식하고 해결하는 노력을 통해 넘어서 자유로운 자기에게로 나아가는 것입니다.

우리 아이들은 어떻게 그 길을 갈까요?

1) 학교생활이 우릴 가둘지라도

이 시집의 거의 대부분은 학교생활을 소재로 합니다. 학교생활은 어쨌든 사회가 바라는 '공부'를 체계로 짜여 있고 학교 밖 생활도 지배합니다. "학교에 가고 학원을 가는 하루가 반복된다/ 학원 끝나고 다음 하루의 숙제를 한다// '나 학원 안 다니면 안 돼?'/ '나 학원 안 가면 안 돼?'// 엄마는 항상 같은 말/ '조금만 더해'/ '조금만 힘내'// 개미와 베짱이의 개미처럼/ 콩쥐팥쥐전의 콩쥐처럼/ 흥부전의 흥부처럼// 항상 힘들어하고/ 항상 졸려 하며/ 잠이 든다"(오윤석 「항상 같은 날」 전문) 가정도 공부를 중심으로 하는 학교생활을 돕는 이차기관 같습니다. "엄마는 나의 직장 상사다// 그만 자고 학교 가라/ 밥 먹

고 빨리 씻어라/ 휴대폰 그만하고 자라// 업무 지시를 내리신다// 너
학교 끝나고 뭐 했어/ 오늘 왜 이렇게 늦게 왔어/ 업무 보고도 해야
한다// 엄마는/ 나의 직장 상사다"(지민규 「엄마는 나의 직장 상사다」
전문) 아이들이 이렇게 자신을 가두고 옥죄는 학교생활을 바라보고
있습니다.

그러면서 이런 학교 체계가 정당한가를 묻습니다.

굴레
1학년 이승한

나는 느리다
쟤는 빠르다
나는 쟤를 절대 못 따라잡을 것 같다

한 번쯤 쉴 법도 한데
끝없이 달리는 저 녀석
뭐가 그리 급한 걸까

정해진 틀에 갇혀
평생을 뛰는 거다
나도 쟤도 얘도
쫓기고 있는 거다

문득 궁금해졌다

달리기를 멈추고 깊은 생각에 잠겼다
왜 쉬지 않고 달리는 걸까

이젠 아니다
나는 벗어났다

이 아이가 생각하는 학교생활의 핵심적 작동원리가 무엇입니까?
— 경쟁 혹은 줄 세우기입니다.
그런데 그 경쟁과 줄 세우기는 무엇을 위한 것일까요?
— "개미와 베짱이의 개미처럼/ 콩쥐팥쥐전의 콩쥐처럼/ 흥부전의 흥부처럼"(오윤석 「항상 같은 날」에서)에서 보듯이 착하고 성실하게 사회적 부를 이루기 위한 조건 획득입니다. 물론 요즘은 이런 이야기를 따르는 것이 사회적 부를 가져다주지 않는다는 것을 아이들은 압니다. 왜냐하면 그의 부모들이 착하고 성실하게 살지만, 결과가 좋지 않다는 것을 직접 눈으로 보고 느끼고 생각하기 때문입니다. 하더라도 어느 정도 먹고 살기 위해서는 당장 공부밖에 없다는 것도 모르는 바 아닙니다. 그래서 "'조금만 더해'/ '조금만 힘내'"라는 부모의 말에 고민합니다.
그럼에도 아이들은 이런 경쟁과 줄 세우기에 이미 문제의식을 가지고 있습니다. 물론 그 문제의식이 논리적이지는 않지만 적어도 생명적 상태에 반한다는 것을 자기 몸으로 느낍니다. 그래서 "항상 힘들어 하고/ 항상 졸려 하며/ 잠이 든다"(오윤석 「항상 같은 날」에서)고 합니다. 하지만 아이들이 무조건 경쟁과 줄 세우기를 잘못되었다고 생각하는 것은 아닙니다. 아이들이 잘못되었다고 생각하는 것은

"나는 느리다/ 쟤는 빠르다/ 나는 쟤를 절대 못 따라잡을 것 같다 (줄임) /정해진 틀에 갇혀/ 평생을 뛰는 거다"라는 사실입니다. 여러분들도 잘 알고 있겠지만 우리들의 놀이에서 경쟁과 줄 세우기는 매우 흥미진진한 요소입니다. 하지만 공부를 중심으로 하는 학교생활은 이 놀이의 성격을 없애 버립니다. 그것을 "정해진 틀"이라고 합니다. 그리고 놀이의 성격이 사라진 정해진 틀의 경쟁과 줄 세우기에서는 경쟁 그 자체가 목적으로 된다는 것도 압니다. 그리고 더 날카로운 아이의 눈은 그런 경쟁을 일으키는 마음의 상태까지 꿰뚫습니다.

그럼 경쟁을 일으키는 마음 상태가 무엇입니까?

— 경쟁에 뒤처져서는 안 된다는 불안 심리입니다.

이런 원리를 이제 중학교 1학년 아이가 "정해진 틀에 갇혀/ 평생을 뛰는 거다/ 나도 쟤도 얘도/ 쫓기고 있는 거다"고 가장 쉬운 형상적인 언어로 표현합니다. 이 원리에 따르면 느린 나라는 존재도 빠른 쟤라는 존재도 저만의 존재의미나 차이 나는 다른 의미를 가질 수 없습니다. 경쟁에서의 의미만 가집니다.

그래서 근원적인 질문을 합니다. "왜 쉬지 않고 달리는 걸까". 그 답은 앞서도 말했지만 "개미와 베짱이의 개미처럼/ 콩쥐팥쥐전의 콩쥐처럼/ 흥부전의 흥부처럼"(오윤석 「항상 같은 날」에서)의 결말을 얻기 위해서입니다. 하지만 아이들의 생명은 경쟁의 결말이 꼭 그 이야기들의 결말과 같지 않다는 것을 어렴풋이 알뿐만 아니라 자신들의 생명적 삶 리듬과도 어울리지 않는다는 것을 압니다.

그래서 아이는 '달리기를 멈추고 깊은 생각에 잠깁니다.' 놀이적 요소가 사라진 정해진 틀에서의 경쟁적 작동원리가 반생명적이라면 그에 의문을 제기하는 생명적 반응의 첫 번째는 우선 '멈추는 것'이 됩

148

니다. 멈추니까, 그 경쟁의 무서운 일상성이 보입니다. 여러분들이 한 번쯤 읽어 보았을 『갈매기의 꿈』도 이런 문제의 인식에서 시작합니다.

"부드러운 바다의 잔물결 위에 황금빛이 출렁이고 있었다. 해변으로부터 1킬로미터쯤 떨어진 곳에서 고기잡이 배 한 척이 먹이를 가득 던져주며 물고기들을 유인하고 있었다. 아침먹이를 찾고 있던 갈매기 떼에게도 그 소식이 바로 전해졌고, 그러자 수천 마리의 갈매기들이 몸을 던져 한 조각의 먹이를 얻기 위해 싸움을 벌였다. 그렇게 또 하루의 분주한 날이 시작되고 있었다."

멈춰서니까 이런 경쟁의 일상성과 그에 빨려 들어갔던 나의 존재와 의미 그리고 너의 존재와 의미, 우리의 존재와 의미를 새롭게 볼 여지가 생긴 것입니다. 따라서 우리의 친구 승한이가 "이젠 아니다/나는 벗어났다"고 하는 말은 그저 선언적인 것만은 아닙니다. 물론 중학교 1학년이라는 한계는 분명하지만, 그는 경쟁의 일상성이라는 기계 안에서 새로운 생명적 가능성을 본 것입니다. 그는 이제 "그러나 그곳으로부터 멀리 떨어진 채, 고기잡이배와 해변 저 너머에서, 조나단 리빙스턴 시걸은 혼자서 나는 연습을 하고 있었다. 30미터 상공에서 물갈퀴 달린 두 발을 구부려 몸에 바짝 붙이고, 부리를 쳐든 채, 두 날개를 가지고 고통스럽고 힘든 선회를 하기 위해 안간힘을 쓰고 있었다."는 조나단 같은 아이이길 갈망할 것입니다.

2) 내가 더 잘 할 수 있는 것을 찾아라!

경쟁과 줄 세우기가 무조건 잘못된 것은 아니라고 이미 말했습니다. 우리들이 하는 놀이 대부분은 경쟁과 줄 세우기를 재미라는 요소로 가지고 있습니다. 그렇다면 자신이 재미를 느낄 수 있는 경쟁, 다시 말해 자신이 잘할 수 있는 것을 찾아서 하는 것입니다. 여러분들도 자기 분야에서 최고가 되라는 말을 많이 들어 보셨을 겁니다. 예전에는 모든 성원 중에서 최고라는 의미에서 '넘버원'(number one)을 말했지만, 요즘은 자기가 잘 할 수 있는 것에서 유일한 자가 되라는 의미에서 '온리 원'(only one)을 말한다고 합니다. 결국 자기가 신나서 할 수 있는 것을 찾아서 하는 것입니다.

물론 아이들은 이런 말에 대해서도 불신이 클 수 있습니다. 왜냐하면 현실이 미친 듯이 넘버원을 원하는 방향으로만 줄 세우기를 하기 때문입니다. "어른들은 도시 같다/ 어른들의 생각은 도로 위의 차들처럼 똑같다/ 직업에 대한 어른들의 생각은 웅장한 건물처럼 커다랗다/어른들의 기분은 신호등처럼 자주 바뀐다/ 어른들은 복지시설처럼 우리를 위한다/ 어른들이 생각하는 공부는 야근처럼 밤까지 해야 한다/ 어른들은 결혼을 메뉴처럼 고른다"(송해찬 「도시 어른」 전문) 이것이 가슴 아프게도 아이들 눈에 비친 어른들의 세상입니다. 그러니 "아버지께서는 항상 말씀하신다/ '공부는 못해도 되니 니가 원하는 거 하면서 살아라'/ 그렇지만 그때 아버지의 마음속에는/ 어떤 다른 생각이 있지 않았을까?/ 공부를 잘해서 좋은 대학에 가길 원하지 않으셨을까?"(윤준식 「걱정」에서)라고 불신하는 것이 결코 이상하지 않습니다. 하지만 부모들은 자신들의 삶의 세계가 '온리 원'의 세계임을 이미 겪어서 알고 있습니다. 다만 부모님이 걱정하는 것은 '공부, 공부, 공부…'에 짓눌려 "니가 원하는 것"을 찾지 못하는 것은 아닐까, 혹은 도피로써 '원하는 것'을 선택하는 것은 아닐까 하는 것입니다.

다음 시를 예로 보겠습니다.

오늘도 내일도

3학년 김정태

우리 반 오른쪽 맨 앞자리 그가 있다

3학년 전체가 그를 티모충이라 부른다

그분은 오늘도 장인이 되기 위해 피시방에 간다

"너는 공부 안 하냐"

"오늘까지 피시방 가고 내일부터 공부한다 진짜"

며칠 후

"공부했냐?"

"진짜 오늘까지 피시방 가고 내일부터 빡공한다"

그리고 다음날

"진짜 오늘까지…"

"닥쳐"

오늘도 후회하는 그이지만

"어제 롤 4시간 돌렸다ㅋ"

…ㅋ

그의 이름은 이용민

전설이다

이 학생은 컴퓨터 게임에 푹 빠졌습니다. "오늘까지 피시방 가고 내일부터 공부한다 진짜"라고 하는 것으로 보아 아직 공부를 염려하면서 게임 폐인이 된 것입니다. 그래서 친구들도 '전설'이라는 칭호를 붙여 줍니다. 하지만 지금 이 전설의 이름이 나중에 멋진 프로게이머의 전설이 될 수는 없는 것일까요? 공부로부터 도피에서 시작한 게임일 테지만 이미 학급에서 전설적인 이름이 되었으니, 이제 거기에서 더 나아갈 수 있는 길을 찾는 것은 어떨까요? 자신이 원하는 바를 의지의 문제로 전환할 수는 없는 것일까요? 하지만 이 아이도 앞서 본 윤준식의 걱정을 똑같이 할 것입니다. 어쩌면 "그래 나는 꿈이 없어서 나쁜 놈이다/ 왜 꿈이 없을까 생각했다/ 꿈이란 단어에 진절머리가 나게 만든 게 누군지 생각했다/ 맨날 꿈이란 걸 강요한 사람들이었다/ 꿈이란 것이/ 젖은 수건 짜내면 물 나오듯이 나오는 줄 아나보다/ 아니면 누구처럼 '나는 해적왕이 될 거야!'/ 라고 말하면 되는 줄 아나보다/ 꿈이 없으니 방향도 의지도 없는 거라고 한다/ 그래, 내가 나쁜 놈이지"(박진성 「나는 나쁜 놈이다」에서)라고 말할지도 모릅니다. 그래서 저도 뭐라 말할 수는 없습니다. 하더라도 삶은 꿈을 선택하고 이뤄 가는 것입니다. 그래서 그 아이 또한 선택해야 합니다. 그런데 이때 주의할 것은, 꿈의 선택이란 꿈으로 가는 구체적 실천을 선택하는 것과 다르지 않다는 사실입니다. 그래서 우리는 꿈으로 풍부해지는 것이 아니라 꿈으로 갈 수 있는 구체적 실천을 통해 풍요로워지고, 구체적인 실천적 능력에 의해 비로소 꿈도 더 구체화될 수 있는 것입니다. 『갈매기의 꿈』에서 조나단도 여러 가지 비행술에 대한 구체적인 훈련을 통해 자유로워지며 자기 꿈에 다가갑니다. "그는 다른 갈매기들과 잡담하는 데 시간을 낭비하지 않고 해가 저문 뒤에도 계속해서 나는 연습을 했다. 그는 공중회전, 저속 회전, 바람개비 돌기, 몸을 뒤집으며 회전하기, 순간 방향 바꾸기, 회전하며 낙하하기

등을 터득했다. 조나단 시걸이 해변의 갈매기떼에게로 돌아왔을 때는 밤 깊은 시각이었다. 그는 머리가 어지럽고 몹시 피곤했다. 그럼에도 그는 기쁨에 넘쳐 둥글게 원을 그리며 착륙을 하면서 땅에 닿기 직전에는 한 바퀴 공중회전을 했다. (줄임) 우리 자신이 탁월하고 지성적이며 뛰어난 재능을 지닌 존재임을 발견할 수 있다. 우리는 자유로워질 수가 있다! 나는 법을 배울 수가 있다.”

이렇게 자기가 바라는 바로 나아가려는 구체적인 실천이 필요합니다.

3) 능동적인 구체적 실천으로 원하는 바에 유능해져라

어렴풋한 꿈이지만 그를 위해 지금 여기에서 할 수 있는 적극적인 구체적 실천을 하는 것만이 한 걸음 한 걸음을 낳는 유일한 방법입니다. 그리고 여기에는 왕도가 없습니다. 갈매기 조나단도 그랬고 누구라도 마찬가지입니다. 예를 들어 우리가 메시와 호날두처럼 멋진 축구 스타가 되고 싶다면 꿈만 꾸는 것으로는 안 됩니다. 지금 여기서 할 수 있는 구체적인 실천을 해야 합니다. 구체적인 실천을 통해, “메시처럼 한 명 재끼고 두 명까지 재낀다/ 슛 각이 보인다/ 호날두처럼 한 번 치고 두 번치고 때린다/ 나도 두근두근 골키퍼도 두근두근/ 안 들어갔다/ 난 메시와 호날두가 아니었다”(장건우 「메시와 호날두」에서)고 판단되면 이제 어떻게 해야 합니까? 생각과 공과 몸이 같아지도록 노력하는 수밖에 없습니다. 이 노력에는 쉬운 길이 없습니다. 갈매기 조나단도 급하강 하여 수면 가까이에서 수평으로 나는 훈련을 하는 장면에서 몹시 힘들어 하며 절망합니다. “어쩔 도리가 없다. 난 한 마리의 갈매기일 뿐이다. 난 나의 본성에 의해 한계를 지니고 있다. 만일 내가 나는 것에 대해 그토록 많은 걸 배우도록 태어났다면, 매의 짧은 날개를 갖고 있었을 것이다. 그리고 물고기 대신 생쥐를 먹고 살았을 것이다. 아버지 말씀이 옳았다. 이 어리석음을 잊어야만 한다. 갈매기들이 있는 집으로 돌아가 가련하고 능력의 한계를 지닌 한 마리 갈매기로서의 나, 있는 그대로의 나 자신에 만족해야 한다." 하지만 곧이어 조나단은 그 절망의 자리에서 희망을 찾아냅니다. 보조국사 지눌(知訥) 선사가 '땅으로 하여 넘어진 자는 땅을 딛고 일어선다'고 했듯이, 조나단은 그 좌절에서 '매의 짧은 날개!'에 착안하여 하강 기술을 완성합니다. 장건우 학생도 자신이 메시나 호날두가 아니라는 것에서 더 나아가는 지금을 넘어설 수 있는 노력 – 능동적인 구체적 실천 – 을 해야 합니다.

이는 공부에서도 마찬가지입니다.

그래서 저는 다음 시도 귀하게 읽힙니다.

수학의 왕도는 없다

3학년 이관수

수학 선행으로 배우게 된 수학자 '유클리드'
어떤 사람인지 궁금해져
인터넷도 찾아보고 도서관도 가보고
찾아보니 흥미로운 그분들의 삶
그림 보니 이해되는 그분들의 공식
신기하고 흥미롭고 그랬던 수학이
막상 시작하니 부담감만 생긴다

정녕 이 사람들은 뇌 구성이 어찌 돼 있는 거야
하는 수 없지
유클리드, 피타고라스, 바스카라씨
오늘도 한 수 배우겠습니다
시험을 보게 되는 그 날까지
신세 좀 지겠습니다 여러분들

공부의 세계가 흥미로워 공부의 길로 가려면 공부 속으로 들어가야 합니다. 기계적인 풀이 학습도 중요하지만, 원리를 이해하고, 그 원리가 문제와 풀이에 어떻게 필요하고 적용되는지를 알려는 태도는 매우 중요할 수밖에 없습니다. 그래서 유클리드에 대해 나름대로 알아보려고 노력합니다. 물론 그것이 당장 시험성적에 중요하지 않을 수도 있습니다. 그리고 "막상 시작하니 부담감만" 생깁니다. 하더라도 그렇게 관심을 만들어가고 집중하려고 노력하는 것이 갈매기 조나단의 정신입니다.

그렇게 길은 한 걸음씩 만들어가는 것입니다.

이번 시집을 읽으며 저를 깜짝 놀라게 했던 멋진 시를 보겠습니다.

포기하지 않고 달리면
1학년 김승현

나의 꿈은 치열한 경쟁 속에서 달리는 자전거 선수이다
어른들은 말씀하신다
자전거는 위험하다

하지만 자전거는 포기할 수 없다
처음이자 마지막으로 선택한 꿈이다
다리가 부러지거나 내가 죽지 않는 이상 포기를 못할 것이다

자전거를 타고 언덕을 오르면 지친다
하지만! 최면이라는 것이 있다
그래서 나 자신한테 말한다
여기까지 왔는데 포기하고 그만하면 끝이다
오르막이 있으면 내리막도 있는 법
이젠 스트레스도 풀고 스릴 있게 내려가자

사소한 이유로 꿈을 꾸기는 싫다
그 누가 나를 증명해주는 자전거 선수를
꼭 꼭 꼭 하고 싶다

정말 자기 체험세계를 힘차고 멋지게 표현한 시입니다. 김승현 학생은 원하는 바의 꿈을 선택했습니다. 그리고 구체적인 실천을 합니다. 그 실천을 통해 이전의 자기를 극복하며 나름대로 최선의 방법까지 얻습니다. 오늘의 자기를 차이나는 내일의 자기로 만듭니다. 자기를 이뤄가는 일은 꿈을 얼마나 손에 잡히게 꾸느냐의 문제도, 각오와 의지의 문제만도 아닙니다. 지금 필요한 구체적인 실천을 통해 어려움에 부딪치고, 조나단처럼 하나씩 해결해가며 더 큰 자기에게로 나아가는 것입니다. "자전거를 타고 언덕을 오르면 지친다/ 하지만! 최면이라는 것이 있다/ 그래서 나 자신한테 말한다/ 여기까지 왔는데

포기하고 그만하면 끝이다/ 오르막이 있으면 내리막도 있는 법/ 이젠 스트레스도 풀고 스릴 있게 내려가자". 그렇게 생명적 힘이 증대되고, 앞으로는 여기에서 더 나아가 많은 힘 기술을 익히고 더하며 "치열한 경쟁 속에서 달리는 자전거 선수"가 될 것입니다. 자기를 지배하는 건강한 생을 열 것입니다.

이렇게 아이들은 갈매기 조나단의 삶처럼 자기 성장과 극복의 길을 열어갑니다.

저는 이런 생의 대장정을 건강한 생명적 힘의 본능적 활동이라고 생각합니다. 이런 생각을 증명해 주는 것이 바로 봉황중학교 학생들의 이번 작품집입니다. 누가 그렇게 가라고 강제하지 않았음에도 그들의 생명적 힘은 자연스럽게 그 길을 가려고 합니다.

그것이 제겐 세상에서 가장 아름다운 생명적 몸짓입니다.

자기의 생명적 힘을 이루려고 노력하고 즐기면서 넘어서 더 큰 자기를 향해 가는 본능적 생명의 춤!

그러니 이런 몸짓의 정신을 시로 바꾸고 다듬어 주는 선생님께 어찌 고마움을 표하지 않을 수 있겠습니까. 최은숙 선생님, 이런 훌륭한 시를 이 세상에 있도록 이끌어 주심에 머리 숙여 고마움을 표합니다.

끝으로, 좋은 시를 써 준 학생들에게 조나단의 말을 옮깁니다.

"삶의 의미와 더 차원 높은 목적을 추구하고 따르는 자보다 더 책임 있는 갈매기가 대체 누구란 말입니까? 우리는 수천 년 동안 물고기 대가리나 찾아다녔습니다. 그러나 이제 우리는 삶의 이유를 갖게 되었습니다. 배우고, 발견하고, 자유로워지는 것!"